Adaptado por Michelle Jovin, M.A.

Ilustrado por Linda Silvestri

Créditos de publicación

Rachelle Cracchiolo, M.S.Ed., *Editora comercial*
Nika Fabienke, Ed.D., *Directora de contenido*
Véronique Bos, *Directora creativa*
Shaun Bernadou, *Directora de arte*
Michelle Jovin, M.A., *Editora asociada*
Caroline Gasca, M.S.Ed., *Editora superior*
Jess Johnson, *Diseñadora gráfica*

Créditos de imágenes: Ilustraciones de Linda Silvestri.

Library of Congress Cataloging-in-Publication Data

Names: Jovin, Michelle, author. | Silvestri, Linda, illustrator. | Aesop.
Title: El león y el ratón / adaptado por Michelle Jovin ; ilustrado por Linda Silvestri.
Other titles: Lion and the mouse. Spanish
Description: Huntington Beach, CA : Teacher Created Materials, [2020] | Audience: Grades K-1.
Identifiers: LCCN 2019051520 (print) | LCCN 2019051521 (ebook) | ISBN 9780743927376 (paperback) | ISBN 9780743927529 (ebook)
Subjects: LCSH: Spanish language--Readers.
Classification: LCC PC4115 .J676 2020 (print) | LCC PC4115 (ebook) | DDC 468.6/2--dc23

TCM Teacher Created Materials
5301 Oceanus Drive
Huntington Beach, CA 92649-1030
www.tcmpub.com

ISBN 978-0-7439-2737-6